TINTO

Arbeitsblätter Sachunterricht

Cornelsen

TINTO

von Ulla Brinkmann und Gabriele Müller

Arbeitsblätter Sachunterricht 4

Redaktion: Katharina Blakert, Michael Venhoff
Covergestaltung: tritopp, Berlin
Layoutkonzept: ROSENDAHL BERLIN – Agentur für Markendesign
Layout und technische Umsetzung: Sandra Knopke, Werneuchen

Illustrationen: Uta Bettzieche: S. 9, 10 o. + Mitte; Heike Börner: Icons für Partner-, Gruppen-, Schreibarbeiten; **Kirsten Höcker:** S. 7 Mitte, 23 u., 28 re., 36 Mitte, 37, 39 u., 44 o.; **Eva Czerwenka:** Cover, Icons: S. 17 u. 41 (Schere und Kleber), 55, 56 (Schere), Tinto (alle außer S. 18, 38), Sprechblasen, S. 5, 12 o. + Mitte, 13 u., 14 o., 15, 16, 19, 20, 23 Aufg. 1, 24, 25, 26 (Hände), 27, 29, 32, 39 o., 40, 43, 44 u., 45, 46, 47, 55;
Tobias Krejtschi: Kapitel-Icons (1: Kinder, 2: Wald, 3: Sonne, Mond und Sterne, 4: Junge und Mädchen, 5: Strom, 6: Wal, 7: Fahrrad, 8: Erfindungen 9: Zeitung, 10: Europaflagge), S. 12 u., 18 u. re., 33 u. (Bartenwal, Zahnwal), 38 u. re.; **Katharina Wolff-Steininger:** Icon Zusatzaufgabe;
Hans Wunderlich: S. 5 (Landkarte), 10 u., 17 (Sonnen), 21, 22, 30, 34 re., 35.
Karten: Peter Kast: S. 49, 50, 52.
Fotos: 6 Mitte: Shutterstock.com/Monkey Business Images; o. re.: Shutterstock.com/Just dance; u. re.: Shutterstock.com/XiXinXing; **8** Nr. 1: Shutterstock.com/vchal; Nr. 2: Shutterstock.com/Alena Ozerova; Nr. 3: Shutterstock.com/fizkes; Nr. 4: Shutterstock.com/Fotokostic; Nr. 5: Shutterstock.com/Pixel-Shot; Nr. 6: Shutterstock.com/fizkes; Nr. 7: stock.adobe.com/ruslanshug; Nr. 8: Shutterstock.com/Monkey Business Images; Nr. 9: Shutterstock.com/Syda Productions; Nr. 10: Shutterstock.com/Doidam 10; Logos: „Die Arche" Kinderstiftung, Berlin; © Deutsches Kinderhilfswerk e.V., Berlin; © Komitee UNICEF Deutschland; © Plan International Deutschland e.V.; © SOS-Kinderdörfer weltweit; © terre des hommes Deutschland; **11** von o. nach u. 1. Bild: Shutterstock.com/Arie v.d. Wolde; 2. Shutterstock.com/Ari N; 3. Shutterstock.com/Elina Litovkina; 4. Shutterstock.com/Soru Epotok; 5. Shutterstock.com/Moiseenko Maksim; **13** o. li. : Shutterstock.com/Karl Allen Lugmayer; o. re.: Science Photo Library/Paul Harcourt Davies; **14** u.: Peter Wohlleben (Autor), Stefanie Reich (Illustrator), Dagmar Herrmann (Illustrator) Hörst du, wie die Bäume sprechen? Eine kleine Entdeckungsreise durch den Wald. Verlag Friedrich Oetinger, Hamburg 2017; **16** u. (Feuer): Shutterstock.com/d1sk; 18 o. li.: Shutterstock.com/Aphelleon; Mitte li.: Shutterstock.com/Vadim Sadovski; Mitte: Shutterstock.com/Nostalgia for Infinity; Mitte re.: Shutterstock.com/MNStudio; u.: Shutterstock.com/Triff; **19** Shutterstock.com/Dima Zel; **20** o.: Shutterstock.com/max dallocco; Mitte: Shutterstock.com/fizkes; **26** o. li.: Shutterstock.com/Free around; o. re.: Shutterstock.com/Alena Ozerova; **31** o. li.: Shutterstock.com/Bildagentur Zoonar GmbH; o. Mitte: Shutterstock.com/Thorsten Schier; o. re.: Shutterstock.com/DedMityay; u. li.: Shutterstock.com/SINCHAI_B; u. Mitte: Shutterstock.com/W. Scott McGill; u. re. : Shutterstock.com/Mark Agnor; **33** Bartenwal: Shutterstock.com/John Tunney; Zahnwal: Shutterstock.com/VladGavriloff; **34** li.: Shutterstock.com/Julia August; 36 o. re.: stock.adobe.com/Martin Lueke/Fotos von Schiffen; 2. Reihe von u. li.: interfoto e.k./ARDEA/Paulo Di Oliviera; re.: Shutterstock.com/BOULENGER Xavier; letzte Reihe li.: Shutterstock.com/NPDstock; re. : Shutterstock.com/Andrey_Kuzmin; **38** alle Shutterstock.com/stockphoto-graf außer: 2 Schilder der abknickenden Hauptstraße (o., 2. und 5. Schild): stock.adobe.com/sunt; **41** von o. nach u. 1. Bild: akg-images/Erich Lessing; 2. Bild: Shutterstock.com/Sidhe; 3. Bild: akg-images; 4. Bild: Shutterstock.com/alice-photo; 5. Bild: akg-images/De Agostini Picture Library; 6. Bild: interfoto e.k./Science & Society; 7. Bild: Shutterstock.com/Monkey Business Images; **42** von li. nach re.: Shutterstock.com/Africa Studio; stock.adobe.com/Peter Atkins; Shutterstock.com/SimoneN; Shutterstock.com/Naturbursche; **53** 1. Reihe li.: Shutterstock.com/lunamarina; re.: Shutterstock.com/Robert Ivaysyuk; 2. Reihe li: Shutterstock.com/Viacheslav Lopatin; Mitte: Shutterstock.com/Guenter Albers; re.: Shutterstock.com/Matthew Dixon; 3. Reihe li.: Shutterstock.com/Catarina Belova; re.: Shutterstock.com/Olena Z; **54** Bild 1: Shutterstock.com/S. Noree Saisalam; 2: Shutterstock.com/Anatoly Tiplyashin; 3: Shutterstock.com/T. Lesia; 4: Shutterstock.com/Anatoly Tiplyashin; 5: Shutterstock.com/Globe Turner; 6: Shutterstock.com/charnsitr; 7: Shutterstock.com/Globe Turner; 8: Shutterstock.com/Loveshop; u.: Cornelsen/Christine Wächter/Deutsche Bundesbank/Heinz Hoyer und Sneschana Russewa-Hoyer (Euro), Cornelsen/Christine Wächter/Deutsche Bundesbank/Reinhart Heinsdorff (Cent).

www.cornelsen.de

Dieses Werk enthält Vorschläge und Anleitungen für Untersuchungen und Experimente. Vor jedem Experiment sind mögliche Gefahrenquellen zu besprechen. Beim Experimentieren sind die Richtlinien zur Sicherheit im naturwissenschaftlichen Unterricht einzuhalten.

1. Auflage, 1. Druck 2021

Alle Drucke dieser Auflage sind inhaltlich unverändert und können im Unterricht nebeneinander verwendet werden.

Druck: AZ Druck und Datentechnik GmbH, Kempten

ISBN 978-3-06-084256-8

PEFC
PEFC/04-31-2260

PEFC zertifiziert
Dieses Produkt stammt aus nachhaltig bewirtschafteten Wäldern und kontrollierten Quellen.
www.pefc.de

Inhalt

Mein Fahrrad

Einfach genial!

Eine Zeitung entsteht

Deutschland und Europa

Arbeitssymbole

- **1** Aufgabe
- Zusatzaufgabe / Differenzierungsaufgabe
- Löse die Aufgabe in deinem Heft oder auf einem neuen Blatt.
- Arbeite mit einem Partnerkind.
- Arbeite in einer Gruppe.

Zukunft online

Vielleicht habt ihr schon einmal vom „Internet der Dinge“ oder von „Smart Home“ gehört. „Smart Home“ kann man mit „kluges Zuhause“ übersetzen. Es bedeutet, dass technische Geräte am und im Haus über das Internet gesteuert werden können. Man muss dazu nicht einmal im Haus sein.

1 Schau dir die Zeichnung an und überlege, welche Dinge hier über das Smartphone gesteuert werden. Schreibe auf.

2 Stellt euch vor, ihr wäret Erfinder. Sucht weitere Möglichkeiten für ein „Smart Home“, die heute vielleicht noch gar nicht möglich sind. Schreibt sie auf.

Auch außerhalb des Hauses wird vieles über das Internet gesteuert. Zum Beispiel kann man mit dem Smartphone ein Mietfahrrad aufschließen, in der Bücherei Bücher verlängern, Briefe frankieren und in Geschäften Waren bestellen. In Zukunft wird sicherlich noch viel mehr möglich sein.

3 Welche Ideen habt ihr noch? Was wird in der Zukunft noch möglich sein? Malt und schreibt.

Viele Menschen empfinden diese Entwicklung auch als gefährlich. Könnt ihr euch vorstellen, warum sie das so sehen? Sprecht über mögliche Gefahren. Sammelt sie auf einem Plakat.

1. Die Piktogramme in der Zeichnung entschlüsseln, die passenden Begriffe notieren.
2. Eigene Ideen für ein „Smart Home“ notieren. 3. Zukunftsideen entwickeln, die Erfindungen aufmalen und beschreiben.
: Über die Gefahren einer digitalisierten Zukunft sprechen, dazu ein Plakat gestalten.

Zu Hause lernen mit digitalen Medien

1 Mit welchen digitalen Medien lernen die Kinder? Ergänze die Lückentexte.

Laptop	E-Mail	Tablet	Videokonferenz	Smartphone	Kurznachricht	Lernvideos

Als das Homeschooling begann, habe ich immer einen Arbeitsplan für zwei Wochen von meiner Lehrerin bekommen.

Sie hat uns auch Tipps und Bilder als ____________________ geschickt. Unsere fertigen Aufgaben haben wir fotografiert und ihr per ____________________ zurückgeschickt.

Nachmittags nutze ich manchmal unser ____________________ für kostenlose Lernspiele, die unser Lehrer empfohlen hat. So spiele und lerne ich gleichzeitig.

Im Homeschooling habe ich jeden Tag mit meiner Oma eine ____________________ gemacht. Erst habe ich nur Mathe mit ihr gelernt, später dann fast alle Fächer. Das hat echt Spaß gemacht und so konnte ich Oma jeden Tag sehen. Jetzt bin ich ein Experte im Video-Telefonieren am ____________________ .

Wenn ich mal etwas nicht richtig verstanden habe, schaue ich mir mit Papa ____________________ auf seinem Smartphone an.

2 Was findet ihr gut und was findet ihr schlecht am Lernen von zu Hause aus? Schreibt Stichwörter auf und sprecht über eure Argumente.

gut: ____________________

____

____

schlecht: ____________________

____

____

1. Die Texte lesen, die Begriffe aus dem Wortspeicher einsetzen; es gibt mehrere Lösungen.
2. Vor- und Nachteile des Lernens von zu Hause notieren; über die Argumente sprechen.

Wo Energie herkommt

Strom oder elektrische Energie wird aus verschiedenen Energieträgern oder Energiequellen erzeugt. Nicht erneuerbare (fossile) Energieträger sind nur begrenzt vorhanden und irgendwann aufgebraucht. Erneuerbare Energieträger sind endlos vorhanden oder wachsen nach. In Deutschland wurde 2019 fast die Hälfte des Stroms aus erneuerbarer Energie gewonnen.

1 Unterstreicht, wo **nicht erneuerbare** (braun) und **erneuerbare** (grün) Energie gewonnen wird.

Kohlekraftwerk

Atomkraftwerk

Wasserkraftwerk

Erdöl- und Erdgasförderung

Windpark

Solaranlage

Die Umwandlung in Strom erfolgt in Kraftwerken und Windanlagen durch einen Generator. Hier wird durch Bewegung Strom erzeugt, ähnlich wie bei einem Dynamo am Fahrrad.

2 Wie wird in einem Wasserkraftwerk Energie erzeugt und gespeichert? Ergänze den Lückentext.

Energie | Trinkwasserspeicher | Generatoren | Turbinen | Staumauern

Flüsse werden durch ____________________ zu Seen aufgestaut.
So kann man den Wasserablauf regulieren und z. B. Hochwasser verhindern.

Die Stauseen dienen auch als ____________________ .
Das gestaute Wasser wird kontrolliert durch Rohre abgelassen. Dabei treibt es die Rotorblätter in Turbinen an. Diese Bewegung wird von ____________________ in Strom umgewandelt.

Wenn weniger Strom gebraucht wird, kann man die ____________________ speichern.
Das Wasser wird nicht abgelassen, sondern in ein Wasserbecken gepumpt, das höher liegt.
Wird wieder mehr Energie gebraucht, lässt man das Wasser durch Rohre bergab fließen und wieder erzeugen ____________________ und Generatoren Strom.

1: Energieträger als erneuerbare und nicht erneuerbare kennzeichnen.
2: Lückentext zur Energieerzeugung im Wasserkraftwerk ergänzen.

Klima – Klima – Klima

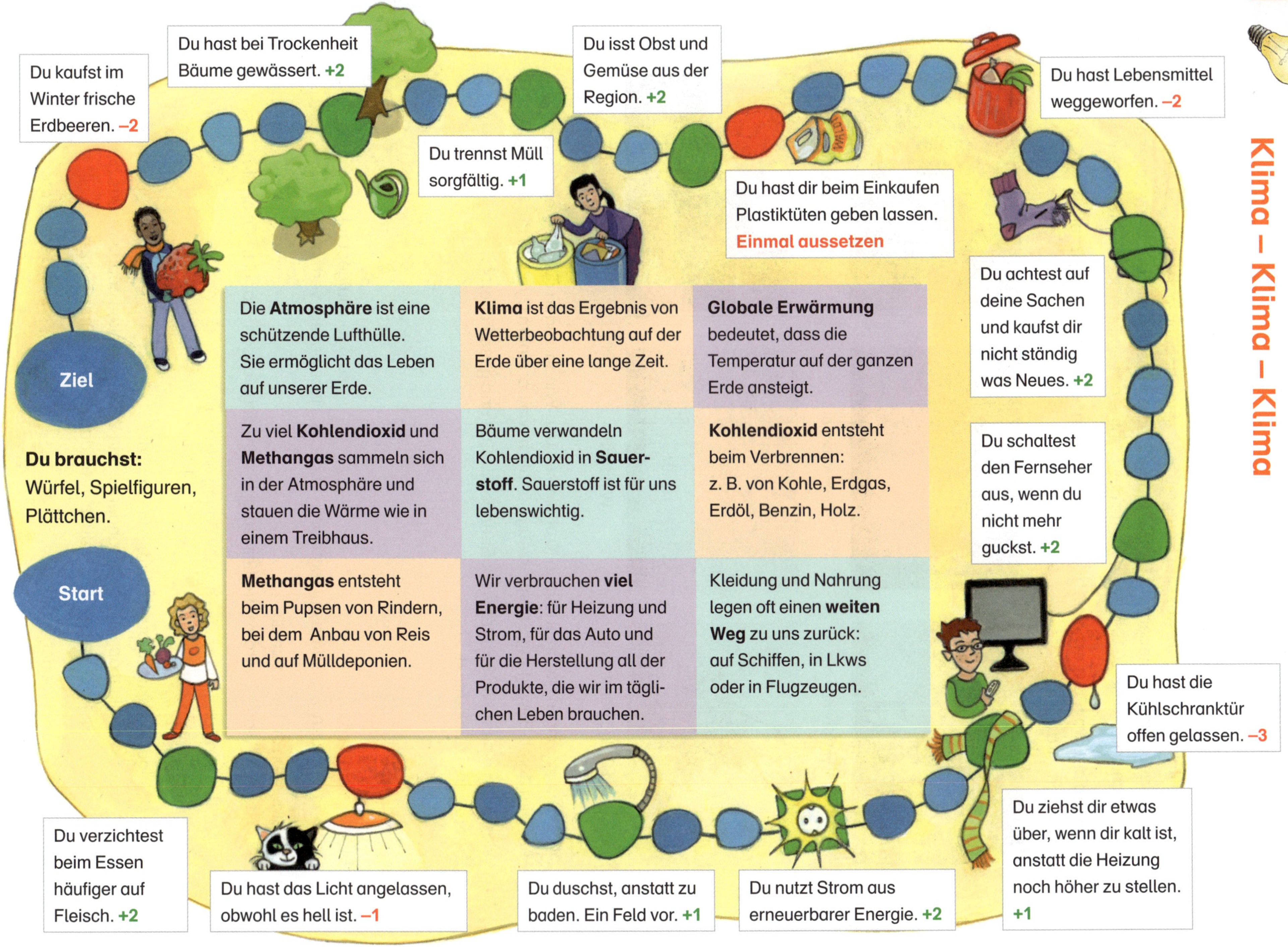

Die **Atmosphäre** ist eine schützende Lufthülle. Sie ermöglicht das Leben auf unserer Erde.	**Klima** ist das Ergebnis von Wetterbeobachtung auf der Erde über eine lange Zeit.	**Globale Erwärmung** bedeutet, dass die Temperatur auf der ganzen Erde ansteigt.
Zu viel **Kohlendioxid** und **Methangas** sammeln sich in der Atmosphäre und stauen die Wärme wie in einem Treibhaus.	Bäume verwandeln Kohlendioxid in **Sauerstoff**. Sauerstoff ist für uns lebenswichtig.	**Kohlendioxid** entsteht beim Verbrennen: z. B. von Kohle, Erdgas, Erdöl, Benzin, Holz.
Methangas entsteht beim Pupsen von Rindern, bei dem Anbau von Reis und auf Mülldeponien.	Wir verbrauchen **viel Energie**: für Heizung und Strom, für das Auto und für die Herstellung all der Produkte, die wir im täglichen Leben brauchen.	Kleidung und Nahrung legen oft einen **weiten Weg** zu uns zurück: auf Schiffen, in Lkws oder in Flugzeugen.

Du brauchst:
Würfel, Spielfiguren, Plättchen.

1: Das Spiel spielen, jeweils am Ereignisfeld überlegen, welcher Infotext dazu passt und ein Plättchen darauf legen.

Kommunikation und Medien verändern sich

Wenn Menschen sich miteinander austauschen, nennt man das „Kommunikation“. Kommunikation kann auf unterschiedlichste Art passieren.
Menschen reden und hören zu, sie schreiben und lesen Briefe, Mails oder Kurznachrichten. Auch wenn man sich zuwinkert, sich anlächelt oder sein Gegenüber böse anschaut, kommuniziert man. Daran können auch mehr als zwei Menschen beteiligt sein.

1 Mit wem hast du zuletzt kommuniziert? ______________________

In den letzten 100 Jahren hat sich Kommunikation stark verändert. Viele neue Möglichkeiten sind hinzugekommen, manche haben sogar die alten Arten ganz oder teilweise verdrängt.

2 Ergänze die Tabelle.

früher	heute
Brief	
Telefonzelle	
Postkarte	
Adress- und Notizbuch	

3 Wähle aus der Tabelle drei Möglichkeiten, die du gern nutzt.
Schreibe auf, welche Vorteile du darin siehst. Nutze Begriffe aus beiden Spalten.

1. ______________________
2. ______________________
3. ______________________

Wusstest du, dass in Europa das Mindestalter für die meisten sozialen Netzwerke 13 Jahre, bei einigen sogar 16 Jahre ist? Das gilt auch für Kurznachrichten-Apps.

Wusstest du, dass Fotos, die im Netz gepostet oder verschickt werden, meistens für immer dort bleiben? Man sagt: **Das Netz vergisst nichts!**

1. Notieren, mit wem man zuletzt auf beliebige Art kommuniziert hat.
2. In einer Tabelle zu hergebrachten Kommunikationsmitteln die adäquaten veränderten Mittel notieren.
3. Drei bevorzugte Kommunikationsmittel notieren und die Auswahl begründen.

Von ersten Schriftzeichen zum Tablet

1 Schneidet die Textkästchen von S. 55 aus und ordnet sie der Zeitleiste zu.

Seite 55

4000 v. Chr.

Seite 55

1500 v. Chr.

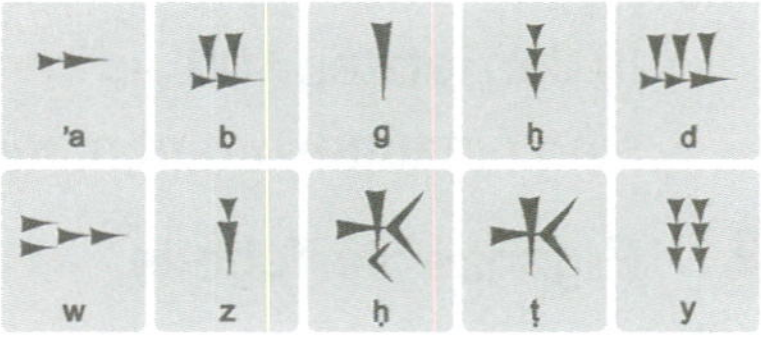

Seite 55

um 800

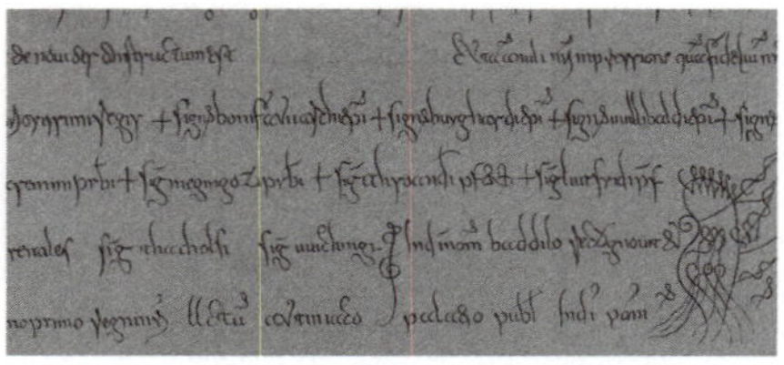

Seite 55

1450

Seite 55

1837

Seite 55

1976

Seite 55

2001

2 Stelle folgende Begriffe in einer einfachen Bilderschrift dar:
Tasche, Stift, Tafel, Tafellappen, Sonnenblume, Taschenlampe, Mädchen, Junge.
Denke dir noch eigene Begriffe aus, zeichne sie und zeige sie einem Partnerkind.

3 Warum war die Erfindung des Alphabets so wichtig? Nennt mindestens zwei Gründe.

1. Die Texte lesen und die Bilder von Seite 55 passend einkleben. 2. Die Begriffe in einer eigenen Bilderschrift darstellen – bei den Komposita sollten es jeweils zwei Bilder sein; eigene Begriffe in Bilderschrift übertragen und sie von einem Partnerkind „lesen“ lassen. 3. Mit einem Partnerkind über die Erfindung des Alphabets sprechen und bedeutende Auswirkungen notieren.

Wir sind die Kinder

1 Beschrifte die Kontinente. Nordamerika Südamerika Afrika Europa Asien Australien

2 Lies die Texte. Ordne sie den Kindern zu.

3 Informiert euch über das Leben von Kindern in zwei anderen Ländern. Wählt verschiedene Kontinente.

1 Ich heiße Murk und wohne in **Pakistan**. Ich habe fünf Geschwister und meine Großeltern wohnen auch bei uns – unsere große Familie finde ich toll. Ich habe eine eigene Ziege, um die ich mich kümmere. Wenn ich groß bin, möchte ich Lehrerin werden.

2 Ich heiße Martyna und wohne in Gdansk (sprich Dansk) in **Polen**. Mein Hobby ist Gitarrespielen. Ich übe viel und singe gern dazu. Im Sommer gehen wir oft mit der ganzen Familie schwimmen und im Winter fahren wir Ski.

3 Ich heiße Andrew und wohne bei meinen Großeltern in der Nähe von Melbourne in **Australien**. Meine Familie stammt von den australischen Ureinwohnern, den **Aborigines**, ab. Von meinen Großeltern habe ich gelernt, das **Didgeridoo** zu spielen.

4 Ich heiße Liam und wohne in **Kanada**. Bei uns ist der Winter sehr lang und kalt, der Sommer ist heiß und kurz. Im Winter spiele ich gerne **Eishockey** und im Sommer **Lacrosse**. In Kanada werden vor allem zwei Sprachen gesprochen: Englisch und Französisch. Ich kann beide.

5 Ich heiße Abishua und wohne in einer kleinen Stadt in **Ghana**. Mit meiner Familie spreche ich Twi, aber in der Schule sprechen wir Englisch. Ich habe sehr viele Hobbys, doch am liebsten trommele ich auf meiner **Fontomfrom**. Mit meinem Bruder spiele ich oft **Oware**, ein „Steinchenspiel“.

6 Ich heiße Rafael und lebe in Rio de Janeiro in **Brasilien**. In Brasilien sprechen alle Menschen Portugiesisch. Ich spiele gern Keyboard und Fußball, aber am allerliebsten fahre ich auf meinem Skateboard. Mit meinem Kaninchen spiele ich auch oft, es frisst gerne Möhren.

1: Sich auf der Weltkarte orientieren, Kontinente beschriften. 2: Texte lesen und den Kindern zuordnen. 3: Über Kinder in weiteren Ländern informieren mithilfe von Büchern oder Internet, der Klasse präsentieren, evtl. Plakat erstellen.

Schule bei uns und woanders

1 Lies die Texte und vergleiche. Unterstreiche, was in den Schulen anders ist als in deiner.

In **Island** gehen die Kinder zehn Jahre lang gemeinsam in die Schule. Es gibt besondere Fächer wie Kochen, Handwerken und Nähen. Sogar Schach. Und auch am Computer wird viel unterrichtet.
Die Kinder lernen auch viel über ihre Vorfahren, die Wikinger. Vor dem Unterricht treffen sich alle zuerst in der Versammlungsecke. Mittags können die Kinder in der Schulkantine essen. Sie bekommen einen Plan, der besagt, was sie in einer Woche lernen sollen. Wann sie das dann tun, können sie recht frei einteilen.

In diese Schule in **Südafrika** gehen Kinder von der 1. bis zur 6. Klasse. Es sind über 1 000 Kinder. Alle tragen eine Schuluniform.
Morgens vor dem Unterricht stellen sich die Kinder vor der Schule auf. Sie sprechen ein Gebet und begrüßen sich. In jeder Klasse sind etwa 50 Kinder. Es gibt viele verschiedene Sprachen in Südafrika, aber in der Schule sprechen alle Englisch.
Die Kinder essen zusammen in der Schule zu Mittag. Häufig kümmern sich Eltern um die Zubereitung.

In **China** gehen die Kinder sechs Jahre in die Grundschule. Wenn sie eingeschult werden, haben sie oft im Kindergarten schon Lesen, Schreiben und Rechnen gelernt. Montags treffen sich alle Kinder vor der Schule. Sie singen die Nationalhymne und der Schulleiter hält eine Rede. Schule ist von Montag bis Samstag. Viele Kinder gehen nach der Schule noch in eine Nachhilfeschule, um bessere Noten zu bekommen. Erst danach machen sie ihre Hausaufgaben, oft bis 23 Uhr.

2 Was ist an deiner Schule besonders? Schreibe auf.

1: Texte lesen und über Unterschiede zu eigenen Schulerfahrungen reflektieren und diese im Text markieren.
2: Besonderheiten an der eigenen Schule notieren.

Kinderrechte

1 Lies die Kinderrechte aufmerksam und ordne sie dem passenden Symbol zu.

1 Recht auf Gleichheit
Egal ob du ein Mädchen oder ein Junge bist, welcher Religion du angehörst, welche Sprache du sprichst oder welche Hautfarbe du hast – alle Kinder, überall auf der Welt, haben den gleichen Wert und somit die gleichen Rechte.

3 Recht auf elterliche Fürsorge
Eltern haben die besondere Aufgabe, sich um die Erziehung ihrer Kinder zu kümmern und sie gut zu betreuen. Sie gewähren dir Schutz.

2 Recht auf Gesundheit
Kinder haben das Recht, gesund zu leben und keine Not zu leiden. Medizinische Versorgung, sauberes Trinkwasser, gutes Essen und warme Kleidung sind sehr wichtig.

5 Recht auf Spiel, Freizeit und Ruhe
Alle Kinder haben das Recht, in ihrer Freizeit zu machen, worauf sie Lust haben. Egal ob Musik, malen oder Sport – die Hauptsache ist, dass du Spaß hast!

6 Recht auf Meinungsäußerung und Gehör
Kinder haben das Recht, bei allen Fragen, die sie betreffen, mitzubestimmen und zu sagen, was sie denken.

10 Recht auf Betreuung bei Behinderung
Kinder mit einer Behinderung haben das Recht auf besondere Unterstützung. Sie haben die gleichen Rechte wie alle anderen auch.

9 Recht auf Schutz im Krieg und auf der Flucht
Jedes Kind hat das Recht, bei Krieg oder Flucht geschützt zu werden. Niemand darf z. B. Kinder zwingen, als Soldaten in den Krieg zu ziehen.

8 Recht auf Privatsphäre
Keiner darf ohne deine Erlaubnis ein Bild von dir ins Internet stellen oder dein Tagebuch, deine Briefe oder Nachrichten lesen. Die gehen niemanden etwas an, nur dich!

4 Recht auf Bildung
In Deutschland ist Bildung für viele Kinder selbstverständlich. Doch weltweit gibt es Millionen von Kindern, die nicht zur Schule gehen können.

7 Recht auf Schutz vor Ausbeutung und Gewalt
Kinder haben das Recht, vor Gewalt, Missbrauch und Ausbeutung geschützt zu werden.

2 Überlegt, welche Rechte für euch besonders wichtig sind. Begründet.

3 Formuliert Wünsche für euch, die Kinder in Deutschland oder alle Kinder auf der Erde. Schreibt sie auf Schmuckblätter und hängt sie aus. Sprecht darüber.

1: Kinderrechte aufmerksam lesen und den Symbolen zuordnen. 2: Gemeinsam über die Kinderrechte reflektieren, besonders wichtige auswählen und die Auswahl begründen. 3: Einen Wunsch (für sich selbst, Kinder in Deutschland oder Kinder in der Welt) formulieren, dazu ein Schmuckblatt gestalten.

Verletzung der Kinderrechte

1 Um welche Kinderrechte geht es hier? Ordne die Nummern von S. 7 zu.

2 Welche Kinderrechte werden verletzt? Umkreise rot ◯.

3 Diskutiert die Ergebnisse.

Diese Organisationen setzen sich für die Einhaltung von Kinderrechten ein. Informiere dich.

unicef für jedes Kind

HILFE, DIE WIRKT. 2020 UNTERSTÜTZEN WIR DIE SOS KINDERDÖRFER WELTWEIT

terre des hommes Hilfe für Kinder in Not

PLAN INTERNATIONAL Gibt Kindern eine Chance

DIE ARCHE

Deutsches Kinderhilfswerk

1: Den Bildern entnehmen, um welche Kinderrechte es hier geht und aufschreiben – manchmal gibt es mehrere Möglichkeiten.
2: Entscheiden und entsprechend markieren, ob Kinderrechte beachtet oder verletzt werden.
3: Die Ergebnisse diskutieren. 🐾: Sich über eine oder mehrere Hilfsorganisationen informieren.

Flucht und neue Heimat

Es gibt viele Gründe, warum Menschen ihr Heimatland verlassen – z. B. Armut, Bürgerkrieg, Verfolgung. Aber alle Flüchtlinge verlassen ihre Heimat aus Not. Sie wünschen sich ein Leben in Frieden und Sicherheit.

1 Was wisst ihr über Flucht und Flüchtlinge?
Besprecht euch zuerst in Kleingruppen, dann in der Klasse.

2 Hadi erzählt von der Flucht seiner Familie aus Syrien. Lies hier und auf S. 10.

Ich habe in **Aleppo** in einem großen Haus gewohnt, mit meinen Eltern und meinen beiden Brüdern, meinen Großeltern und weiteren Verwandten. Meine Mutter hat als Krankenschwester gearbeitet, mein Vater war Polizist.

Seit vielen Jahren gibt es in **Syrien** Bürgerkrieg. Die Menschen kämpfen gegeneinander, Flugzeuge werfen Bomben auf Häuser und viele Menschen sterben. Wir mussten oft in den Keller gehen, um uns zu schützen.

Meine Eltern entschieden, mit uns aus Syrien zu flüchten, um dem Krieg zu entkommen. Wir haben unsere Koffer nur mit den wichtigsten Sachen gepackt.

Mit dem Auto sind wir in den **Libanon** gefahren und von dort nach **Ägypten** geflogen. Von Ägypten sind wir mit einem Schiff nach Libyen gefahren. Fünf Tage waren wir auf dem Schiff mit 500 Menschen, es war furchtbar eng.

In **Libyen** mussten wir lange warten, bis wir ein Schiff gefunden haben, das uns nach **Italien** bringen sollte. Es war ein kleines Schiff, das uns zu einem großen Schiff bringen sollte. Doch das große Schiff kam nicht. Da sind alle Leute in Panik geraten und haben geschrien und geweint. Dann kam das große Schiff doch und brachte uns nach Italien. Mir war die ganze Zeit schlecht.

1: Erfahrungen über Flucht und Flüchtlinge austauschen.
2: Texte auf S. 9 und 10 lesen.

Flucht und neue Heimat (2)

Von Italien sind wir mit dem Zug nach **Deutschland** gefahren. Dort kamen wir in ein Aufnahmelager. Wir wissen noch nicht, ob wir in Deutschland bleiben können.

Aber jetzt kann ich endlich wieder zur Schule gehen. Die Kinder in der Schule sind freundlich und helfen mir beim Deutschlernen. Meine Eltern gehen zum Deutschkurs. Hoffentlich bekommen sie bald eine Arbeit. Dann können wir in eine eigene Wohnung ziehen.

Ich bin froh, dass es hier so schön ist und ich keine Angst vor Bomben haben muss. Aber meine Verwandten vermisse ich sehr. Hoffentlich geht es ihnen gut.

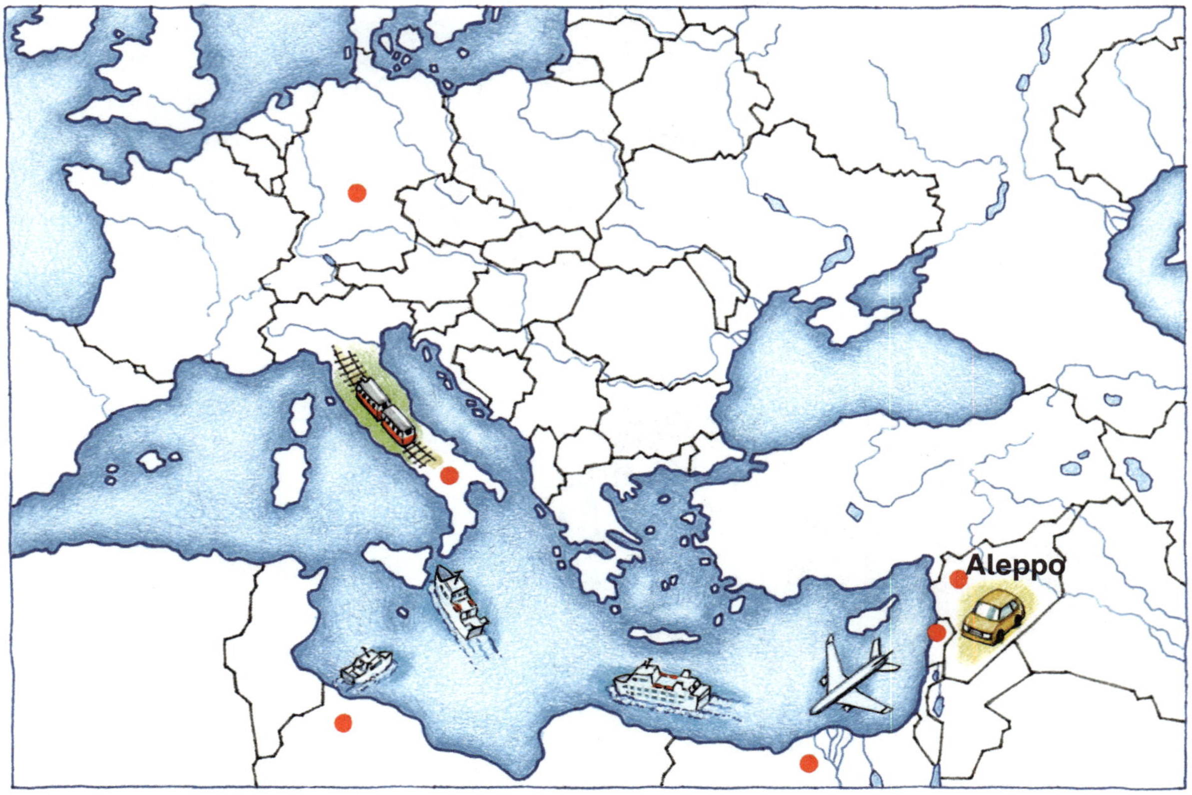

3 Trage den Fluchtweg von Hadis Familie in die Karte ein.

4 Erkundige dich in deiner Familie: Gibt es Familienmitglieder, die ihre Heimat verlassen mussten? Schreibe es auf.

Überlegt: Was würdet ihr am meisten vermissen, wenn ihr eure Heimat verlassen müsstet?

3: Fluchtweg auf der Karte nachvollziehen und eintragen. 4: Fluchterfahrungen in der Familie erfragen und aufschreiben.
: Was wäre am Schlimmsten bei Heimatverlust? Überlegen und aufschreiben.

Der Körper verändert sich

1 Schreibe auf, was sich am Körper von Mädchen und Jungen sichtbar verändert.
Du kannst diese Begriffe nutzen:

Schambehaarung | Achselhaare | Brüste | Vulva | Penis | Hodensack

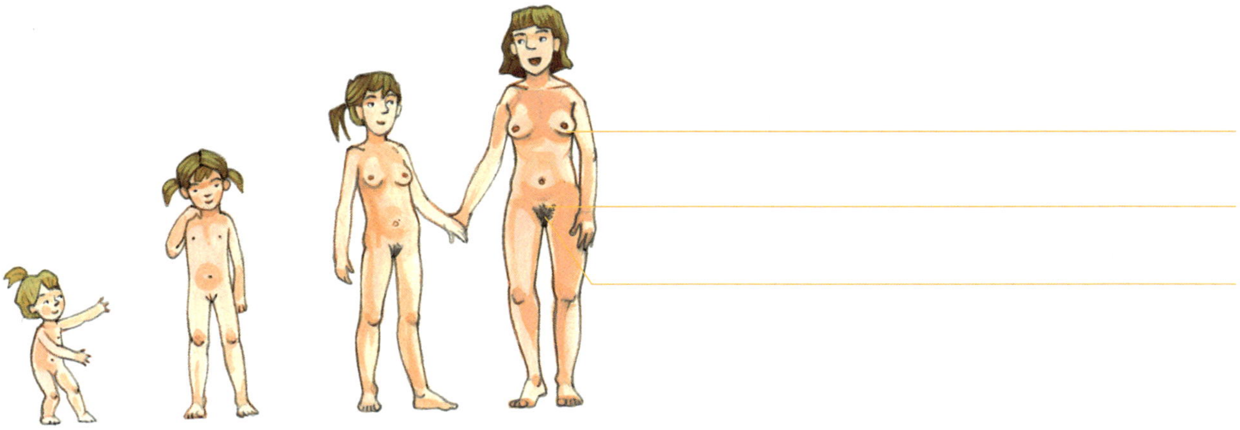

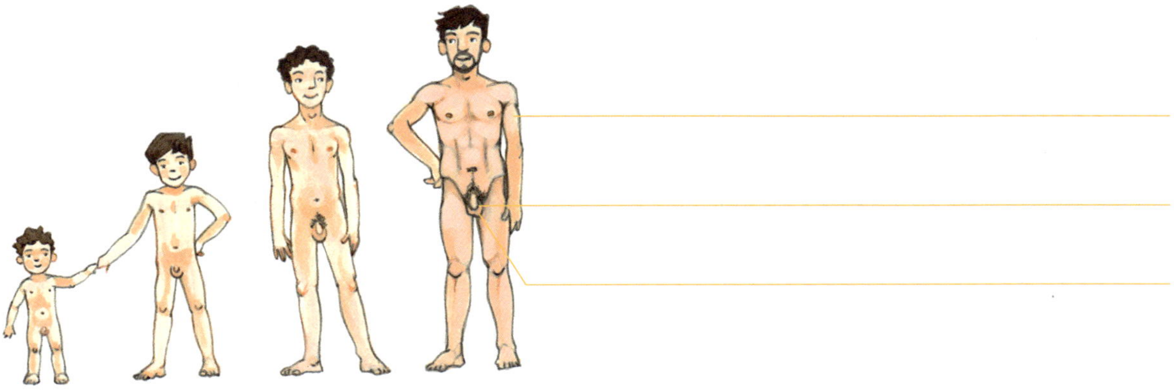

2 Das sind die inneren Geschlechtsorgane. Ordne die Begriffe zu.

1 Scheide
2 Gebärmutter
3 Eileiter
4 Eierstöcke

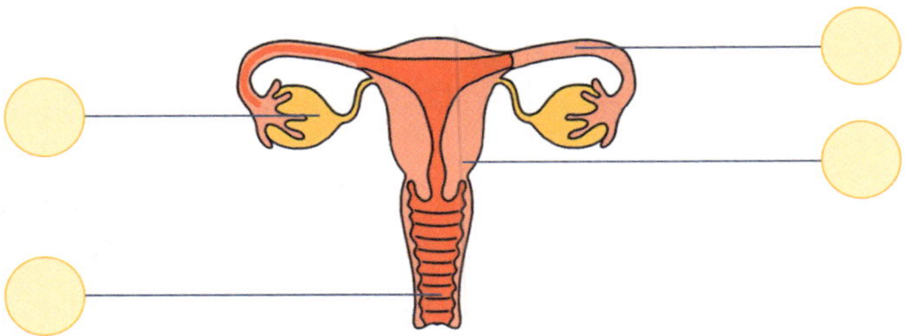

1 Eichel
2 Penis
3 Harn-Samen-Röhre
4 Hoden
5 Samenleiter

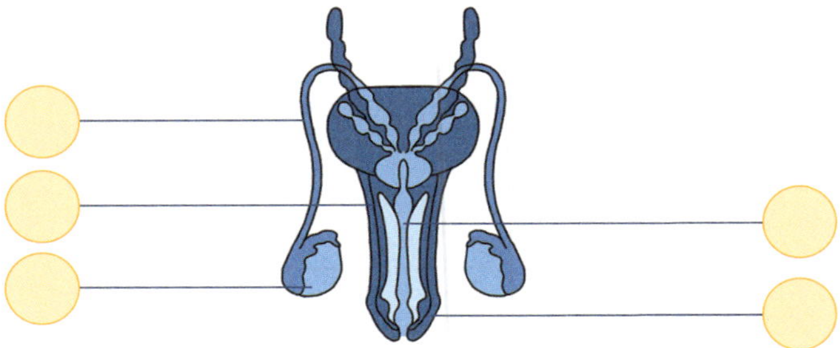

1. Illustrationen mithilfe des Wortspeichers beschriften.
2. Die Ziffern an den Begriffen den Zeichnungen zuordnen .

Pubertät

1 Lies den Text. Unterstreiche, was sich in der Pubertät alles verändert.

Pubertät bedeutet **Geschlechtsreife**. Sie beginnt, wenn der Körper bestimmte Botenstoffe („**Hormone**“) herstellt und ins Blut abgibt. Der Körper verändert sich und so werden aus Mädchen Frauen und aus Jungen Männer.
Auch die Gefühle verändern sich. Dadurch können viele Jugendliche trotzig werden oder ziehen sich zurück. Viele bekommen auch Pickel oder eine richtige Akne, das kann sie unsicher oder traurig machen. Wichtig wird für Jugendliche nun auch, dass sie mehr alleine und ungestört sein wollen, vor allem im Bad. Sie wollen, dass Ihre **Intimsphäre** respektiert wird. Wenn deine Pubertät beginnt, wirst du plötzlich viel mehr und schneller wachsen. Dies beginnt bei Mädchen meistens mit ungefähr acht Jahren, bei Jungen ungefähr zwei Jahre später. In der Zeit dazwischen sind daher auch die Mädchen oft größer als die gleichaltrigen Jungen.
Bei den **Mädchen** wachsen die Brüste, der Po und die Hüften werden runder.
Auch die Vulva, das ist der sichtbare Teil der weiblichen Genitalien (Geschlechtsorgane), wird größer und teilweise dunkler.
Bei den **Jungen** werden die Hoden größer und der Hodensack dunkler, der Penis wird länger und dicker. Auch der Kehlkopf wächst und verwandelt die Stimme. Das nennt man den Stimmbruch.
Bei Jungen und Mädchen wachsen Haare im Genitalbereich und unter den Achseln, bei den Jungen beginnt mit ungefähr zwölf der Bartwuchs, zuerst als weicher Flaum. Einige Jungen bekommen dann auch Haare auf der Brust.
Auch die inneren Geschlechtsorgane verändern sich. Bei Jungen bilden sich in den Nebenhoden reife Spermien. Bei den Mädchen reifen in den Eierstöcken Eizellen heran. Jeden Monat wandert eine reife Eizelle durch den Eileiter zur Gebärmutter. Wenn sie nicht befruchtet wird, wird sie mit der Schleimhaut abgestoßen. Das Mädchen blutet einige Tage, das nennt man Periode. Nun kann ein Mädchen schwanger werden.

Brüste können groß oder klein, rund oder spitz sein.

Ein Penis kann lang oder kurz, dick oder dünn sein.

2 Das hat sich bei mir schon verändert: ______________________________

____

____

____

1. Den Text lesen, überlegen, was sich in der Pubertät verändert und diese Veränderungen im Text unterstreichen.
2. Körperliche und psychische Veränderungen der eigenen Person notieren.

Gefühle verändern sich

1 Lies die Sprechblasen.
Wie fühlst du dich heute? Schreibe auf.

2 Dein Leben verändert sich. Überlege mit einer Freundin, einem Freund oder allein.

Darauf freue ich mich schon:	Davor habe ich ein wenig Angst:
Das ist mir peinlich:	Das ist cool:

1. Aussagen der Kinder in den Sprechblasen lesen, über die eigenen Gefühle nachdenken und diese notieren.
2. Eigene Erwartungen an das Erwachsenwerden notieren – den Bedürfnissen des Kindes entsprechend in der Gruppe, mit einem Partnerkind oder allein.

Nein heißt Nein! Stopp heißt Stopp!

Manchmal fühlt es sich gut an – ich habe ein **JA**-Gefühl!
Manchmal fühlt es sich schlecht an – ich habe ein **NEIN**-Gefühl!
Wie es sich anfühlt, kannst **nur du selbst** entscheiden.
Es ist **dein Gefühl** und **dein Körper**. Darüber entscheidest nur du!

1 Entscheide – hast du ein **JA**-Gefühl  oder ein **NEIN**-Gefühl  ?
Kreise ein.

Die Trainerin hat mir schon zweimal an den Po gefasst.

Im Chat hat mich der Junge so komische Sachen gefragt und ein Foto von mir will er auch haben!

Abends lesen mir Mama oder Papa immer noch etwas vor. Dann kuschele ich mich ganz nah heran.

Denkt daran: Ihr seid nicht schuld, wenn euch jemand ein **NEIN**-Gefühl macht.
Manchmal brauchen Kinder Hilfe. Dann sprecht mit einem Erwachsenen, dem ihr vertraut.
Auch hier findet ihr Hilfe und Antworten auf viele Fragen:

Kinder- und Jugendtelefon
des Kinderschutzbundes
Tel.:116111
Montag – Samstag 14 – 20 Uhr

Jugendhilfedienst
Den gibt es überall.
Die Telefonnummer findest du im Internet, oder du bekommst sie auch in der Schule.

Seite des deutschen Kinderhilfswerkes,
Informationen und Tipps
unter anderem auch zu Cybermobbing

1. Über Gefühle nachdenken, Ja- oder Nein-Gefühl zuordnen.

Wie ein Baby entsteht

1 Setze die Begriffe passend ein:

Schwangerschaft | Eizelle | Samenzelle | Penis | Eileiter | Scheide | Befruchtung

Wenn eine Frau und ein Mann sich lieben, dann sind sie immer sehr gern zusammen. Sie kuscheln und schmusen miteinander und küssen sich. Das löst bei beiden Menschen sehr schöne Gefühle aus. Darauf reagiert dann der Körper ganz von allein – die ____________ der Frau wird feucht und weich und der ____________ des Mannes wird größer und steif. So kann er in die Scheide der Frau hineingleiten. Die beiden Menschen haben Sex miteinander. Manche sagen auch, sie schlafen miteinander, dabei sind sie ganz wach. Nach einiger Zeit bekommt der Mann einen Samenerguss. Dabei werden viele Millionen Samenzellen in die Scheide der Frau geschleudert. Von dort machen sie sich auf den Weg in Richtung der ____________. Wenn kurz zuvor eine Eizelle gereift ist, kann diese befruchtet werden. Im Wettlauf zur Eizelle kann nur eine ____________ gewinnen. Sie dringt in die ____________ ein. In diesem Moment verschmelzen beide zu einer einzigen Zelle. Das nennt man ____________ oder Zeugung. Die neue Zelle macht sich nun auf den Weg in die Gebärmutter und nistet sich in der Schleimhaut ein. Ein Mensch beginnt zu wachsen.

Natürlich gibt es auch Paare, die kein Kind möchten – weil sie noch zu jung sind, weil sie schon Kinder haben, weil sie nicht sicher sind, ob sie Eltern werden möchten, oder aus anderen Gründen. Dann müssen sie eine ____________ verhüten. Dafür kann zum Beispiel der Mann ein Kondom über seinen Penis ziehen, das den Samenerguss auffängt. Wenn eine Frau alt genug ist, kann sie auch mit einer Pille eine Schwangerschaft verhüten.

Manchmal reifen gleichzeitig zwei oder noch mehr Eizellen heran, dann kann die Frau Zwillinge oder gar Drillinge oder Vierlinge bekommen. Es kann auch passieren, dass sich die befruchtete Eizelle aufteilt, dann entstehen eineiige Zwillinge.

Wer keine Kinder bekommen kann, kann auch ein Kind adoptieren. Dann wächst dieses Kind in einer anderen, seiner neuen Familie auf.

1. Den Text über die Zeugung lesen und die Lückenwörter aus dem Wortspeicher passend einsetzen.

Schwangerschaft

Eine Schwangerschaft dauert ungefähr neun Monate – genauer: 40 Wochen. In dieser Zeit entwickelt sich aus einer winzigen Zelle ein fertiger Mensch. Wie dieser Mensch aussieht und ob es ein Junge oder Mädchen ist, ist schon in der ersten Zelle festgelegt.
Im Laufe der Schwangerschaft entwickeln sich alle Körperteile und Organe.

1 Ordnet jedem Text ein Bild und eine Monatsangabe zu.

A In der Gebärmutter hat sich eine winzige Zellkugel, der Embryo*, eingenistet. Jede einzelne Zelle ist bereits für spezielle Aufgaben vorbereitet.

B Der Fötus* wiegt jetzt 16 g. Er hat bereits Zehen und Finger. Im Ultraschallbild kann man bereits sehen, ob es ein Mädchen oder ein Junge wird. Es gähnt und schluckt.

C Jetzt wachsen Finger- und Zehennägel. Das Baby bewegt sich kräftig und manchmal kann man am Bauch der Mutter richtige Beulen sehen. Es wiegt jetzt ungefähr 300 g.

D Es wächst weiter, trainiert seine Muskeln und Haare wachsen. Wenn sich das Baby bewegt, erkennt man manchmal ein Füßchen. Es wiegt jetzt ca. 1 000 g.

E Nun liegt das Baby mit dem Kopf nach unten. Es bereitet sich auf die Geburt vor. Es wiegt jetzt ungefähr 3 kg, die Lungen sind bereit, zu atmen.

- 9. Monat
- 1. Monat
- 5. Monat
- 3. Monat
- 7. Monat

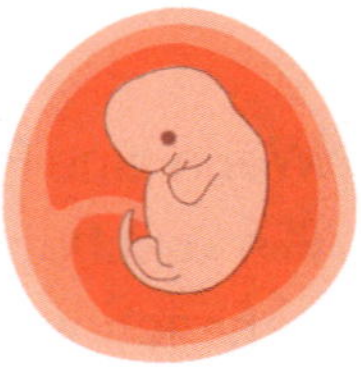

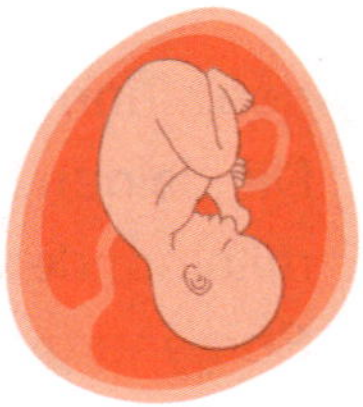

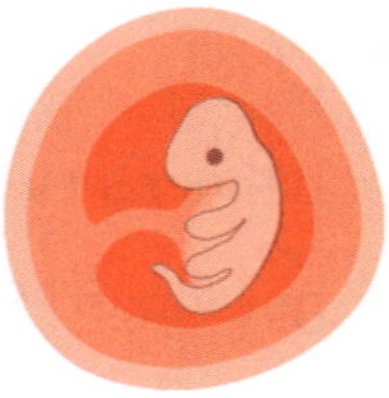

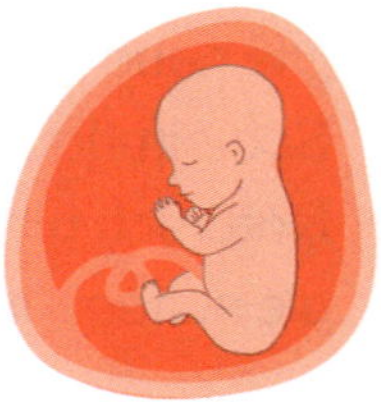

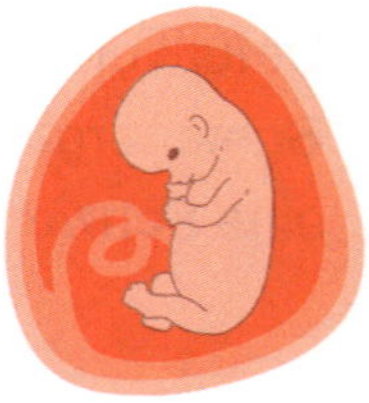

* In den ersten 12 Wochen heißt das Baby Embryo, danach Fötus.

2 Frage deine Eltern nach deiner Geburt und trage ein, was du erfahren hast.

Ich bin geboren am ______ . ______ . ________ um ______ : ______ Uhr.

Ich war ________________ g schwer und ________________ cm lang.

Ich hatte ________________ Haare und ________________ Augen.

1. Die Texte zur Entwicklung im Mutterleib lesen, den passenden Monat und die passende Illustration zuordnen.
2. Die Eltern zur eigenen Geburt befragen und die Angaben passend eintragen.

Der Körper der Wale

1 Lies den Text und schreibe Unterschiede zwischen den beiden Walarten auf.

Es gibt zwei Gruppen von Walen: Bartenwale und Zahnwale. **Bartenwale** haben keine Zähne, sondern bis zu 600 „Barten“. Das sind faserige Hornplatten, mit denen sie winzig kleine Tiere – das „Plankton“ – aus dem Wasser filtern können. Dazu nehmen die Wale einen großen Schluck Meerwasser ins Maul und pressen es durch die Barten wieder heraus. Zurück bleibt das Plankton, das dem Wal als Nahrung dient. Das größte Tier, das es auf der Welt gibt, ist ein Bartenwal. Es ist der Blauwal. Er kann bis zu 33 Meter lang werden und wiegt so viel wie 3 000 Menschen. Bartenwale haben zwei Blaslöcher.

Zahnwale haben nur ein Blasloch, das zweite hat sich zu einem Organ entwickelt, das ihnen zur Orientierung dient. Mit ihm senden und empfangen Zahnwale Geräusche – das nennt man „Echo-Ortung“. Sie nutzt den Zahnwalen bei der Jagd in tiefem, dunklem Wasser. Zahnwale sind Raubtiere, sie jagen und fressen Fische, Tintenfische und Kraken. Der Pottwal ist das größte lebende Raubtier. Auch Delfine gehören zu den Zahnwalen.

2 Verbinde die Begriffe mit den passenden Körperteilen.

Fluke (Schwanzflosse) | Finne (Rückenflosse) | 2 Blaslöcher | Auge

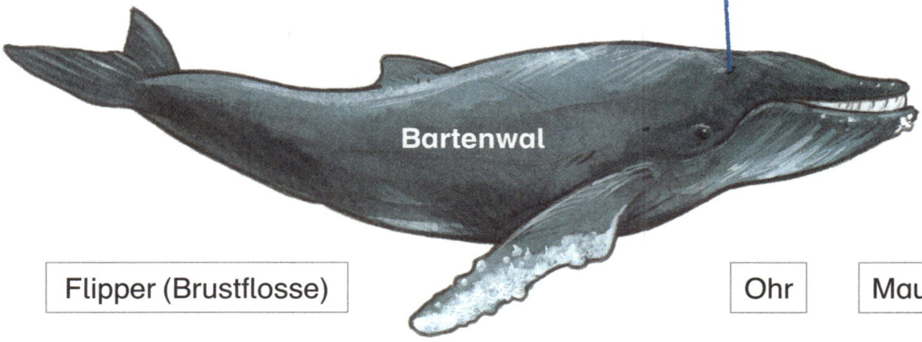

Flipper (Brustflosse) | Ohr | Maul mit Barten

Auge | 1 Blasloch | Finne (Rückenflosse) | Fluke (Schwanzflosse)

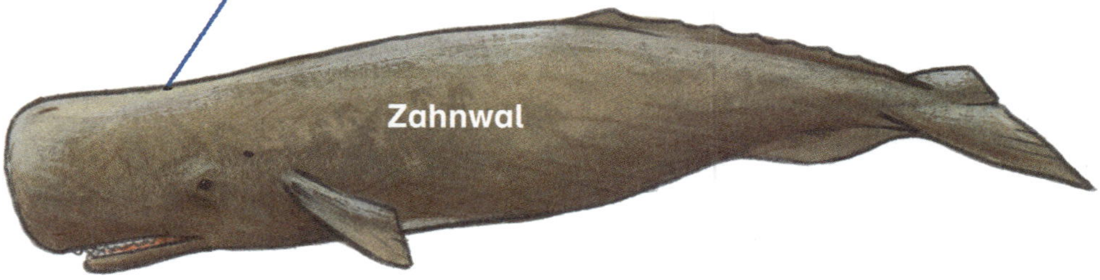

Maul mit Zähnen | Ohr | Flipper (Brustflosse)

Wale sind Säugetiere

1 Lies den Text und markiere alle Merkmale von Säugetieren, die du kennst.

Wie die Fische leben Wale ausschließlich im Wasser. Sie sind aber Säugetiere.
Ihre nächsten Verwandten sind die Flusspferde.
Wale atmen an der Luft. Dazu müssen sie an die Wasseroberfläche schwimmen.
Dort stoßen sie die verbrauchte Luft durch das Blasloch aus und atmen neue Luft ein.
Das Blasloch ist also die Nase der Wale. Es ist oben auf dem Kopf und wird unter Wasser fest verschlossen.
Wale bekommen lebende Junge. Diese müssen nach der Geburt sofort an die Wasseroberfläche, um zu atmen. Dafür sorgen Artgenossen, man nennt sie „Hebammen“.
Die Jungen, die man „Kälber“ nennt, werden von ihren Müttern gesäugt. Ein Blauwalbaby trinkt jeden Tag 180 Liter Milch, es wiegt bei der Geburt so viel wie zwei Autos.

2 Wal (W) oder Fisch (F)? Trage ein.

- Das Muttertier bekommt lebende Junge. W
- Er atmet durch sein Blasloch.
- Das Tier hat Schuppen.
- Das Muttertier legt Eier.

- Das Tier hat eine Lederhaut.
- Die Schwanzflosse steht aufrecht.
- Er atmet durch Kiemen.
- Die geschlüpften Jungtiere sind selbstständig.
- Die Jungtiere werden gesäugt.
- Die Schwanzflosse steht quer.

Den Text lesen und, soweit bekannt, die Merkmale von Säugetieren markieren.
1. Merkmale von Wal und Fisch richtig zuordnen .

Rettet die Wale

1 Schaut euch die Grafik an.
Wo leben welche Walarten? Welche Arten sind besonders gefährdet?

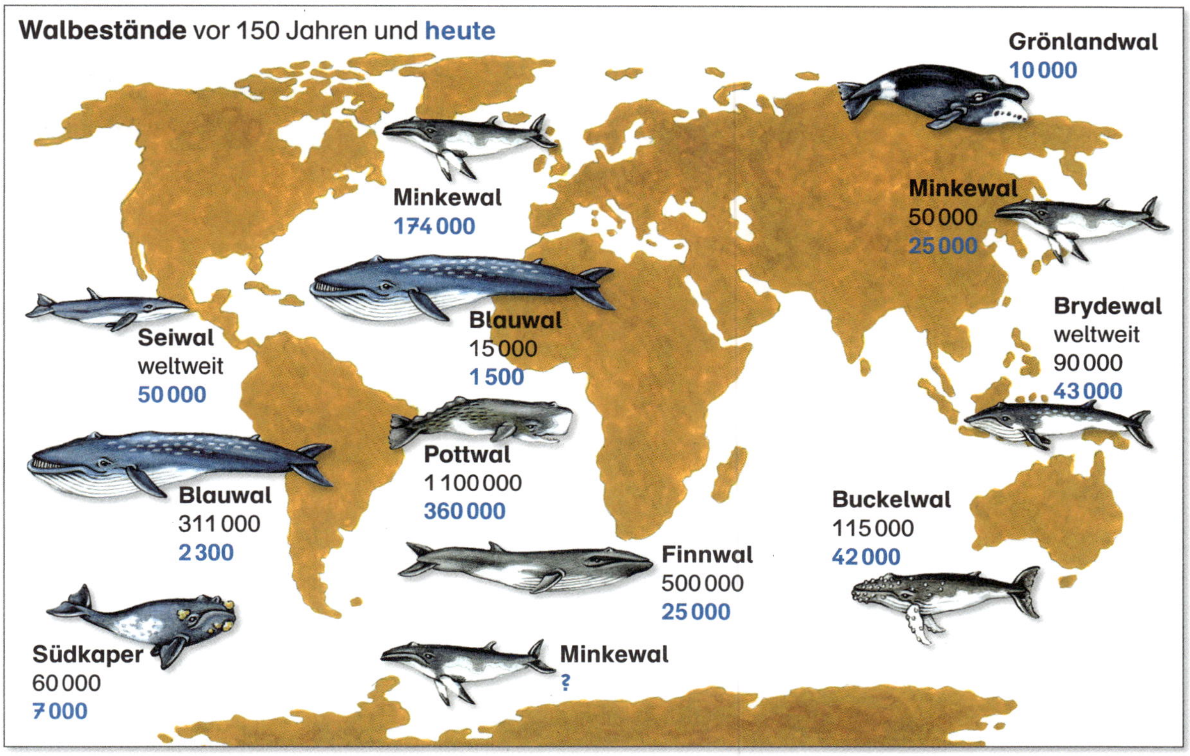

2 Wale sind vielen Gefahren ausgesetzt.
Verbinde.

Jagd	Der Lebensraum der Wale ist durch giftige Stoffe und Müll verschmutzt. Sie fressen winzige Plastikteilchen und anderen Müll.
Verschmutzung	Bei Lärm von Schiffen, Ölplattformen und Sprengungen verlieren viele Wale die Orientierung. Manche werden taub.
Fischernetze	In Norwegen, Island, Japan und Russland werden trotz Verbot durch die Walfang-kommission 1986 noch immer Wale gejagt.
Überfischung	Wale verfangen sich in Fischernetzen und ertrinken, da sie nicht mehr zum Luftholen auftauchen können.
Lärm	Die Zahnwale müssen immer länger nach Nahrung suchen. Manche verirren sich dabei, manche verhungern.

1. Die Grafik anschauen und in der Gruppe darüber sprechen, wo die verschiedenen Walarten leben und welche besonders gefährdet sind. 2. Die Stichworte mit den Texten zu den Gefahren rechts verbinden.

Plastikflut im Meer

Jedes Jahr gelangen ungefähr acht Millionen Tonnen Plastikmüll ins Meer. Das ist 40-mal so viel, wie die größten Containerschiffe laden können.
Meerestiere und Seevögel halten den Müll für Nahrung.

1 Wie kommt all das Plastik ins Meer?
Markiere, wo du selbst etwas daran ändern kannst.

größere Plastikteile

- von Müllhalden ins Meer geweht
- Müll vom Strand und aus Flüssen
- Fischfang entsorgt alte Netze
- Schiffe entsorgen Müll ins Meer

Mikroplastik

- Abrieb von Reifen
- Abwasser
  - Duschgel, Kosmetik, Zahnpasta ...
  - Wäscheabrieb von Fleece ...

Im Magen eines toten Wals wurden 22 kg Plastik gefunden.

In den Meeren sammelt sich an vielen Stellen der Plastikmüll. Er bedeckt dann Flächen viel größer als Deutschland.

Wenn wir Fisch essen, gelangt Mikroplastik in unseren Körper.

In Europa verbraucht jeder Mensch im Jahr 34 kg Plastik.

2 Erstellt eine Liste von Plastikdingen, die ihr täglich benutzt oder seht.

3 Versuche eine Woche lang, möglichst wenig Plastik zu benutzen.
Schreibe auf, wobei du Plastik benutzt hast und wobei du es ersetzen konntest.

Sprecht über eure Erfahrungen und gestaltet in der Gruppe ein Plakat.
Es soll zur Plastikvermeidung aufrufen.

1. Lesen, wie Plastik ins Meer gelangen und markieren, was man davon selbst vermeiden kann. 2. Plastikdinge, die den Kindern täglich begegnen notieren. 3. Eine Woche lang über den eigenen Plastikverbrauch und die Plastikvermeidung Protokoll führen
: Sich in der Gruppe über die Erfahrungen aus Aufgabe 3 austauschen und ein Plakat zur Plastikvermeidung erstellen.

Fit für den Straßenverkehr

1 Ein verkehrssicheres Fahrrad hat zehn Ausstattungsmerkmale.
Alle Teile müssen einwandfrei funktionieren. Trage die Nummern in die Kreise.

1 rotes Rücklicht mit Reflektor
2 roter Reflektor (hinten)
3 Vorderradbremse
4 Hinterradbremse
5 hell tönende Klingel
6 weißer Reflektor vorn (kann auch im Scheinwerfer sein)
7 Scheinwerfer
8 Dynamo oder Lampe mit Akku oder Batterie
9 vier Speichenreflektoren oder reflektierende Streifen an den Reifen
10 rutschfeste Pedale mit Pedalreflektoren

2 Bist du fit für den Straßenverkehr und kennst dich aus? Verbinde.

Ich will mich vor gefährlichen Kopfverletzungen schützen, …	… damit ich bei Gefahr rechtzeitig bremsen kann.
Im Dunkeln fahre ich nur mit funktionierenden Lampen, …	… deshalb trage ich beim Radfahren immer einen Helm.
Ich fahre nicht zu schnell und halte den Sicherheitsabstand ein, …	… damit ich niemanden verletze oder erschrecke.
Ich fahre mit Abstand an parkenden Autos vorbei, …	… denn sonst kann ich von anderen Verkehrsteilnehmern nicht gesehen werden.
Ich achte beim Radfahren auch auf Fußgänger und kleine Kinder, …	… damit ich nicht vor eine Autotür fahre, die sich plötzlich öffnet.

1: Notwendige Teile eines verkehrssicheren Fahrrads kennzeichnen.
2: Satzteile zum sicheren Verhalten im Straßenverkehr verbinden.

Im Schilderwald

1 Wie verhaltet ihr euch richtig, wenn ihr diese Schilder seht?
Tragt die Nummern ein.

1. Abknickende Vorfahrt! Entgegenkommenden Fahrzeugen und Fahrzeugen von rechts Vorfahrt gewähren.
2. Nur für Fußgänger: Das Rad muss hier geschoben werden.
3. Haltestelle für Busse und Straßenbahnen: Ein- und aussteigende Fahrgäste vorbeilassen.
4. Einfahrt verboten! Nur für Radfahrer frei
5. Die Fahrbahn wird enger. Der Gegenverkehr hat Vorrang. Vorsichtig vorbeifahren.
6. Ende des Radwegs: Vorsichtig in den Straßenverkehr einfädeln; Vorfahrt gewähren.
7. Vorfahrt für Rechtsabbieger: Wenn ihr geradeaus fahren wollt, müsst ihr von rechts kommenden Fahrzeugen Vorfahrt gewähren.
8. Den Fahrzeugen im Kreisverkehr Vorfahrt gewähren. Nur rechts in den Kreisverkehr abbiegen.
9. Die Straße führt steil bergauf. Deshalb ist es besser, das Rad zu schieben.
10. Radfahrer dürfen diese Einbahnstraße in beiden Richtungen befahren.

1: Bedeutung der Verkehrsschilder kennen; Aussagen zum richtigen Verhalten zuordnen.

Linksabbiegen

1 Du willst links abbiegen. Auf wenig befahrenen Straßen kannst du direkt links abbiegen. Trage die richtigen Zahlen ein.

◯ Ich sehe mich nochmals um.

3 Ich ordne mich zur Mitte ein.

◯ Ich achte auf Fußgänger, sie haben Vorrang.

◯ Ich blicke über meine Schulter nach hinten. Kommt ein Auto?

◯ Ich gebe ein deutliches Handzeichen nach links.

◯ Ich biege in großem Bogen ab.

◯ Ich beachte die Vorfahrtsregelung.

◯ Ich achte auf den Gegenverkehr und gewähre ihm Vorrang.

2 An großen, stark befahrenen Straßen ist das indirekte Abbiegen viel sicherer. Bringe die Sätze in die richtige Reihenfolge.

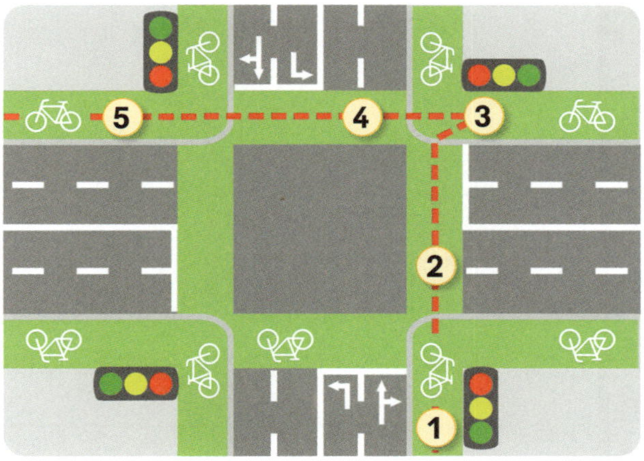

◯ Auf der gegenüberliegenden Seite halte ich an der Haltelinie.

◯ Auf der anderen Seite warte ich, bis die Ampel Grün anzeigt, dann überquere ich die Kreuzung.

◯ Ich fahre auf dem Radweg weiter.

◯ Ich fahre auf dem Fahrradweg auf die Kreuzung zu.

2 Ich bleibe auf dem Radweg und überquere bei Grün die Kreuzung.

1: Direktes Linksabbiegen, die acht Schritte in der richtigen Reihenfolge der Abbildung zuordnen.
2: Indirektes abbiegen an Ampelkreuzungen, Sätze in die richtige Reihenfolge bringen, evtl. Beispiele im Schulbezirk finden.

Unfall – Erste Hilfe

Erste-Hilfe-Set
- steriler Wundverband
- Fixierpflaster
- elastischer Verband
- Einmalhandschuhe
- Rettungsdecke

1 Johann ist mit seinem Fahrrad gestürzt. Leyla und Ida leisteten Erste Hilfe. Schau dir die Bilder an und schreibe Sätze dazu. Benutze die Wörter aus dem Kasten.

Unfallstelle sichern
Trösten und befragen
Hilfe rufen und 112 wählen
Wunden abdecken, vor Infektion schützen
Rettungsdecke umlegen
Warten, bis Hilfe kommt

Übt im Rollenspiel.

1: Kenntnisse über Erste Hilfe in Notsituationen erwerben und aufschreiben.
: Kenntnisse über Erste Hilfe im Rollenspiel trainieren.

Zeitung – Was ist das?

1 Ergänzt.

Zeitungen in eurem Ort: ______________________

In Zeitungen gibt es Artikel über: Politik, ______________________

Berufe bei der Zeitung: Journalist, ______________________

2 Schreibt hier als Ergänzung zu Aufgabe 1 weitere Stichwörter und Antworten rund um die Zeitung auf. Tragt dann alles in einer Mind-Map auf einem extra Blatt zusammen. Ihr könnt auch die Begriffe aus Aufgabe 1 verwenden.

Papier
grau
groß
Fotos …

Aussehen

Leser

Artikel über …

3 Lies die Texte und ergänze die Fachbegriffe.

Zeitungen | Zeitschriften | Printmedien | Redakteure | Fake News | Onlinemedien

Bei einer Zeitung arbeiten viele ______________. Sie schreiben jeden Tag Artikel zu verschiedenen Themen. Sie heißen auch „Journalisten".

In ______________ findet man kurze Artikel zu aktuellen Nachrichten. Viele erscheinen täglich, manche wöchentlich immer am selben Tag.

______________ werden auch „neue Medien" genannt. Sie verbreiten Nachrichten im Internet. Viele gedruckte Zeitungen kann man auch online lesen. Zu den Onlinemedien gehören auch Onlinespiele, Chats, Filmdienste …

Alle gedruckten Zeitungen und Zeitschriften zusammen nennt man ______________. Das kommt aus dem Englischen: to print = drucken.

Im Internet werden immer wieder absichtlich falsche Nachrichten verbreitet. Das nennt man ______________.

______________ nennt man auch „Magazine". Die Artikel sind länger und befassen sich in jeder Ausgabe mit ähnlichen Themen. Viele sind auch an bestimmte Leser gerichtet, zum Beispiel Kinder oder Fußballfans, …

1. Die Vorkenntnisse zu Zeitungen passend eintragen. 2. Die Mind-Map in der Gruppe ergänzen, evtl. auf große Bögen übertragen. 3. Die Informationstexte zur Zeitung lesen und die Fachbegriffe aus dem Wortspeicher passend einsetzen.

Aufbau einer Tageszeitung

Eine Tageszeitung besteht aus mehreren „Büchern“, so nennt man die Teile der Zeitung. Innerhalb der Bücher wird zu verschiedenen Themen („Ressorts“, sprich Ressors) berichtet. Oft sind dafür auch unterschiedliche Redakteure zuständig. Ganz wichtig ist die Titelseite einer Zeitung. Sie soll das Interesse der Leser wecken. Der wichtigste Artikel steht oben in der Mitte, man nennt ihn „Aufmacher“. Er hat immer eine fett gedruckte Überschrift und oft ein großes Foto.

1 Jeder hat sein Lieblingsressort. Ordne die Aussagen den Themen zu.

- **1 Politik/Meinung**
- **2 Kultur/Medien**
- **3 Sport**
- **4 Wirtschaft**
- **5 Regionales**
- **6 Wetter**
- **7 Kinderseite**
- **8 Anzeigen**
- **9 Rätsel**

2 Welches Ressort interessiert dich besonders? Berichte deinem Partnerkind von einem besonders interessanten Artikel. Notiere dazu Stichwörter.

3 Schau dir die Titelseite einer Zeitung an.

Wie heißt die Zeitung? ____________________

Notiere, was der Aufmacher ist. ____________________

Kannst du erklären, warum der Aufmacher „Aufmacher“ heißt?

1. Die Aussagen in den Sprechblasen den Ressorts zuordnen. 2. Stichwörter zu einem interessanten Artikel aus einem Ressort notieren und dem Partnerkind darüber berichten. 3. Auf einer Titelseite den Namen der Zeitung und den Aufmacher finden und notieren. : Knobelaufgabe: Warum heißt der Aufmacher so? (Tipp: aufmachen).

Vom Ereignis zum Leser

1 Lies die Texte. Beantworte anschließend die Fragen.

Bei einer Zeitung kommen jeden Tag viele Nachrichten aus aller Welt an. Sie erreichen die Redakteure per E-Mail, per Telefon, per Brief oder über spezielle Dienste, die Nachrichten verbreiten („Nachrichtenagenturen“).

Einmal in der Woche legen die Redakteure in einer Konferenz fest, über welche Themen besonders berichtet werden soll. Hinzu kommen Meldungen über das, was gerade passiert ist. Diese Woche soll ein Bericht über die neuen Toiletten an der Friedensgrundschule erscheinen.

Am Vormittag besucht eine Redakteurin die Friedensgrundschule. Sie macht Interviews mit der Schulleiterin und Kindern. Dazu macht sie viele Fotos mit ihrer Digitalkamera. Außerdem macht sie einige Fotos mit dem Smartphone, die sie direkt in die Redaktion schickt.

Im Büro telefoniert die Redakteurin mit dem Bauamt, um noch mehr über den Neubau zu erfahren. Anschließend schreibt sie den Artikel auf ihrem Computer und fügt passende Fotos ein. Diese sind sehr wichtig. Sie zeigen den Lesern sofort, worum es geht.

Am Nachmittag und Abend werden alle Artikel überprüft und korrigiert. Die fertigen Seiten werden elektronisch an die Druckerei geschickt.

In der Druckerei laufen kilometerlange Papierbahnen über Rollen. Auf den Rollen befinden sich die Schriftzeichen. Befeuchtet mit Farbe, drucken sie die Nachrichten auf das Papier.

Am Ende wird das Papier geschnitten, gefalzt und gebündelt. Noch in der Nacht sind alle Zeitungen fertig.

Sehr früh am Morgen werden die Zeitungen von den Zeitungszustellern abgeholt und zu den Lesern gebracht. Ein anderer Teil wird über Kioske, Tankstellen und andere Geschäfte verkauft.

Wer legt fest, was in der Zeitung stehen soll?

____

Wie bekommen die Redaktionen ihre Informationen?

____

Warum sind Fotos wichtig?

____

2 Überlege dir mindestens zwei Fragen für dein Partnerkind. Schreibe sie auf.

1. Die Texte lesen und die Fragen zum Text beantworten.
2. Zwei eigene Fragen aus dem Text entwickeln und für ein Partnerkind aufschreiben.

Meldung oder Meinung?

1 Lies den Text. Schlage die Fachwörter nach, die du nicht kennst.
Besprich dich mit einem Partnerkind.

In einer Zeitung gibt es Nachrichten, Reportagen, Interviews und Berichte über Tatsachen. Das sind **Meldungen**. Sie werden gewissenhaft überprüft, bevor sie gedruckt werden. Das nennt man „journalistische Sorgfalt". Außerdem gibt es Kommentare, Glossen und Leitartikel. Hier kann man die **Meinung** der Journalistinnen und Journalisten lesen. Oft werden in Kommentaren auch zwei gegenteilige Meinungen gegenübergestellt. Meldung und Meinung sollten klar und erkennbar getrennt sein.
Damit bei einer Meldung nichts vergessen wird, denken Journalisten an die vier **W**:
Wer? Was? Wann? Wo?

2 Lies die Texte aus der Zeitung und überlege: Meldung oder Meinung?
Kreise die Meldungen ein.

Im Stadttheater gibt es am Sonntag, den 30. April, um 15:30 Uhr die nächste Premiere. Gezeigt wird Ginpuin, ein Theaterstück für Kinder ab fünf. Karten gibt es an der Theaterkasse.

Ob der Vorstand des FVL da richtig nachgedacht hat? Ole Schröder soll zum Saisonende verkauft werden. Das bringt zwar Geld in die Kasse, aber wer soll dann in der nächsten Saison die Tore schießen? Das könnte leicht nach hinten losgehen!

Am Samstag sang Edi T. vor 30 000 begeisterten Zuschauern auf dem Messegelände in Frankfurt. Kein anderer Sänger hat eine solch wunderbare Stimme. Da hatten sich die 80 Euro Eintrittsgeld wirklich gelohnt. Wer es diesmal verpasst hat, sollte unbedingt in Berlin dabei sein.

Damit hatte die Gemeinde nicht gerechnet: 350 Unterschriften übergab die Bürgerinitiative im Rathaus. Die Bürger möchten, dass der Bolzplatz erhalten bleibt. Hier soll kein neuer Supermarkt gebaut werden. Daraus sollte der Gemeinderat eine Lehre ziehen. Man muss zuerst mit den Menschen sprechen und dann entscheiden.

In Essen fand gestern eine große Demonstration statt. Viele Schülerinnen und Schüler, aber auch Eltern und Großeltern demonstrierten für das Klima und für mehr Radwege in der Stadt.

Der Bürgermeister hat in der Ratssitzung am 7. März bekannt gegeben, dass das Schwimmbad im Mai saniert wird.

3 Unterstreiche in den Meldungen: **Wer?** – rot; **Was?** – blau; **Wann?** – grün; **Wo?** – gelb.

4 Schreibe eine Meldung über etwas, das aktuell und dir wichtig ist. Denke dabei an die „vier W". Oder: Schreibe einen Kommentar (Meinung) zu einer der Meldungen oben auf der Seite.

Plant eine Klassenzeitung. Überlegt euch, wer welche Aufgaben übernehmen kann.

1: Den Text lesen, Fachwörter nachschlagen und mit einem Partnerkind besprechen. 2: Sechs Texte lesen; die Meldungen einkreisen. 3: In den Meldungen die vier W entsprechend den Vorgaben farbig markieren. 4: Eine aktuelle Meldung unter Beachtung der vier W oder eine Meinung zu einer der Meldungen in Aufgabe 3 verfassen. : Eine Klassenzeitung planen.

Deutschland und seine Bundesländer

1 Wie viele Bundesländer gibt es in Deutschland? ________

2 Nummeriere die Bundesländer in der Karte.
Schreibe die Nummern mit dem Namen des Bundeslandes auf.

3 Welche Hauptstadt gehört zu welchem Bundesland? Trage die Nummer aus deiner Liste ein.

Düsseldorf ◯	Erfurt ◯	Berlin ◯	Dresden ◯
Potsdam ◯	Bremen ◯	Wiesbaden ◯	Kiel ◯
Magdeburg ◯	München ◯	Mainz ◯	Stuttgart ◯
Saarbrücken ◯	Schwerin ◯	Hannover ◯	Hamburg ◯

4 Zeichne die Grenze Deutschlands in der Karte nach.

5 Schreibe die Namen der Nachbarstaaten in die Karte.

1: Anzahl der Bundesländer bestimmen und aufschreiben. 2: Bundesländer der Karte zuordnen, Zahl eintragen.
3: Jeder Landeshauptstadt die Nummer des jeweiligen Bundeslandes zuordnen.
4: Auf der Karte die deutsche Grenze nachzeichnen. 5: Die Nachbarstaaten Deutschlands benennen und in die Karte eintragen.

Deutschland

1 Seht euch die Karte und die Legende an. Beantwortet die Fragen. Kreuzt an.

Wo ist es besonders flach? im Norden ◯ in der Mitte ◯ im Süden ◯

Wo liegen die höchsten Berge? im Norden ◯ in der Mitte ◯ im Süden ◯

2 Zeichnet den Verlauf der Flüsse nach.

3 Schreibt die Namen der Gewässer auf.

Flüsse: ______________________ Seen: ______________________

Notiert die Meere, die an Deutschland grenzen.

1: Orientierung auf einer physischen Karte, richtige Antworten ankreuzen. 2: Flüsse auf der Karte erkennen und nachzeichnen.
3: Flüsse und Seen auf der Karte finden, Namen aufschreiben. : Die an Deutschland grenzenden Meere aufschreiben.

Mein Bundesland – Steckbrief

Name:

Wappen:

Landeshauptstadt:

Einwohnerzahl:

Nachbarbundesländer:

Lage:

Große Städte:

Flüsse und Seen:

Gebirge und Landschaften:

Besondere Gerichte:

Sehenswürdigkeiten und Besonderheiten:

1: Sich über das eigene Bundesland informieren in Büchern/Atlanten/Internet und einen Steckbrief erstellen.

Europa

1 Fahre mit dem Finger durch Europa: Suche dir zwei Staaten aus, die nicht aneinandergrenzen. Welche Länder durchfährst du auf der Reise von dem einen zu dem anderen Staat?

Start: ______________________________

Ziel: ______________________________

Reise durch: ______________________________

____

2 In welchem Land warst du schon? Schreibe einen Steckbrief mit den Einträgen Land, Hauptstadt, Nachbarstaaten, Besonderheiten (z. B. Essen und Trinken).

3 Schreibe die Namen der Länder auf, die zur Europäischen Union gehören.

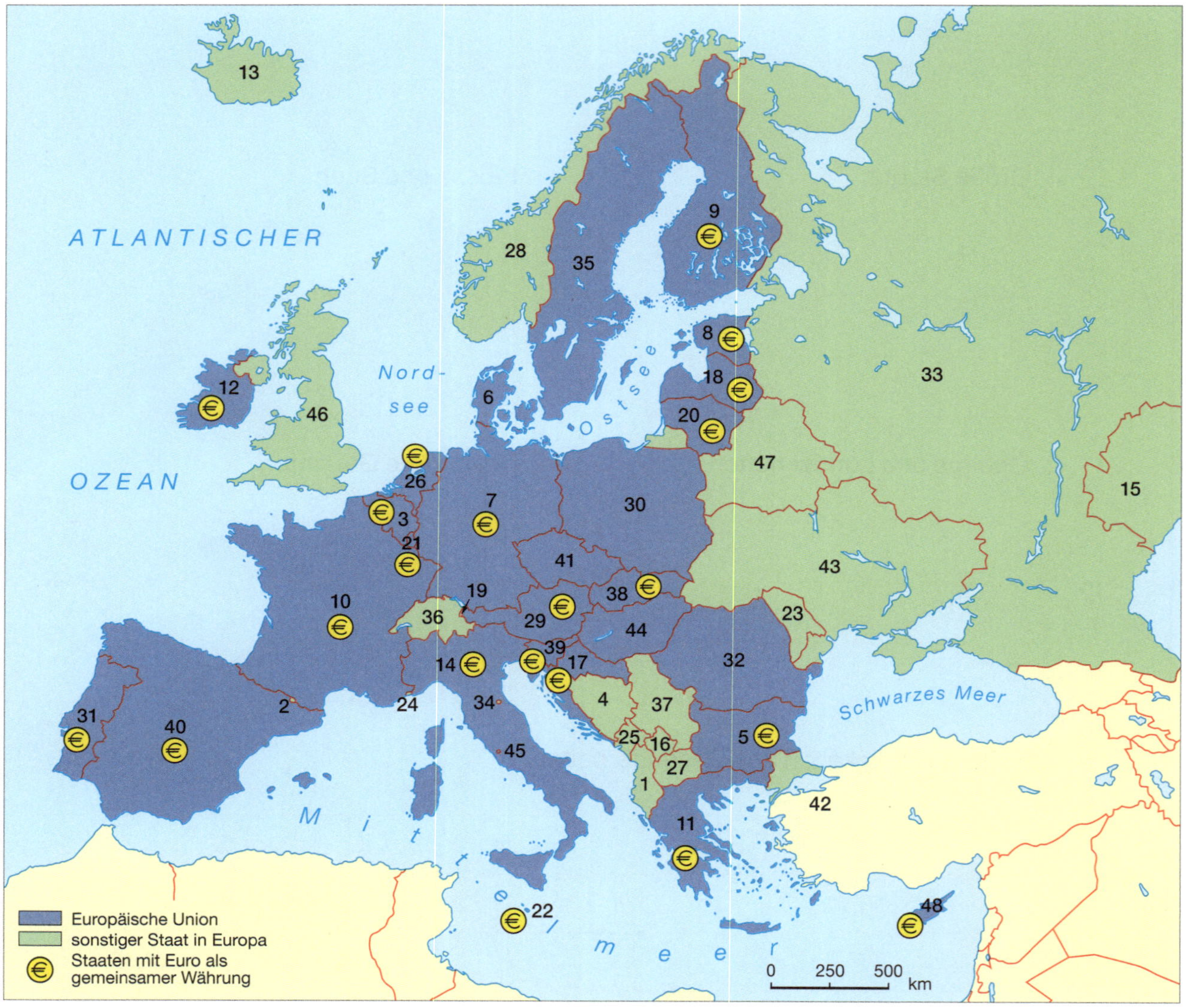

1 Albanien **2** Andorra **3** Belgien **4** Bosnien und Herzegowina **5** Bulgarien **6** Dänemark **7** Deutschland **8** Estland **9** Finnland **10** Frankreich **11** Griechenland **12** Irland **13** Island **14** Italien **15** Kasachstan **16** Kosovo **17** Kroatien **18** Lettland **19** Liechtenstein **20** Litauen **21** Luxemburg **22** Malta **23** Nordmazedonien **24** Moldawien **25** Monaco **26** Montenegro **27** Niederlande **28** Norwegen **29** Österreich **30** Polen **31** Portugal **32** Rumänien **33** Russland **34** San Marino **35** Schweden **36** Schweiz **37** Serbien **38** Slowakei **39** Slowenien **40** Spanien **41** Tschechische Republik **42** Türkei **43** Ukraine **44** Ungarn **45** Vatikanstadt **46** Vereinigtes Königreich **47** Weißrussland **48** Zypern

1: Orientierung auf der Europakarte. 2: Steckbrief erstellen und eigene Erfahrungen einbringen.
3: Länder der Europäischen Union (EU) aufschreiben, Länder der Eurozone unterstreichen.

Kreuz und quer durch Europa

1 Ordne die Texte den Bildern zu.

1. Mitten in Paris steht der 324 m hohe Eiffelturm. Er wurde von dem Ingenieur Gustave Eiffel geplant.

2. Das Brandenburger Tor ist das berühmteste Bauwerk in Berlin. Seit dem Mauerfall 1989 ist es ein Symbol für das geeinte Berlin und das geeinte Deutschland.

3. Weltberühmt ist der Uhrturm an der Seite des Palastes von Westminster in London. Die Berühmtheit kommt von der Glocke Big Ben und ihrem sehr eigenen Klang.

4. Das Kolosseum in Rom wurde vor fast 2 000 Jahren erbaut. In der Arena fanden 50 000 Menschen Platz.

5. In Prag führt die Karlsbrücke über die Moldau. Sie verbindet die beiden Stadtteile.

6. Die Niederlande sind berühmt für ihre Tulpen und Windmühlen.

7. Der Kölner Dom ist die bekannteste deutsche Kirche. Er ist 157 m hoch. Weil es in Köln kaum höhere Gebäude gibt, ist er aus weiter Ferne sichtbar.

1: Mithilfe der Bilder und Texte berühmte europäische Wahrzeichen erkennen und Bild und Text zuordnen.

In Europa zuhause

1 Kennt ihr euch aus in Europa? Ordnet zu.

1 
Niederlande

2 
Italien

3 
Deutschland

4 
Frankreich

5 
Spanien

Begrüßung

- Guten Tag
- goedendag
- Bonjour
- Iyi günler
- Buenas días

Lecker, lecker!

- Paella
- Köttbullar
- Waffeln
- Sauerkraut
- Pizza

6 
Türkei

7 
Schweden

8 
Belgien

2 Das sind die Rückseiten einer deutschen 50-Cent- und 1-Euro-Münze.
Die Prägungen zeigen das Brandenburger Tor in Berlin und den Bundesadler, das Wappentier Deutschlands.

Sucht Euro- oder Cent-Münzen mit anderen Prägungen.
Legt ein Blatt auf die Münze und reibt mit einem Bleistift oder Farbstift darüber (Frottage).
Findet heraus, aus welchen Ländern die Münzen kommen.

3 Womit bezahlte man in Deutschland, bevor es Cent und Euro gab?

______________________ und ______________________

Wie viele Sterne hat die Flagge der EU? __________
Warum ist das so? Forscht nach!

1: Begrüßungsformeln und typische Gerichte Ländern zuordnen. 2: Eine Frottage von verschiedenen Münzen machen und die Herkunft der Münzen herausfinden. 3: Die Vorgänger von Cent und Euro in Deutschland aufschreiben.
: Die Anzahl der Sterne auf der EU-Flagge aufschreiben (12) und den Hintergrund recherchieren (Symbol der Vollkommenheit).